U0865056

世界推理小说 16 怪盗罗平系列

玻璃塞子的秘密

[法] 莫里斯·勒布朗 原著
[韩] 卢贞玉 改编
[韩] 黄荷石 绘
张 义 译

人民东方出版传媒
People's Oriental Publishing & Media
東方出版社
The Oriental Press

读前小故事

罗平带着手下吉尔贝和博世雷来到多布列克的别墅藏起来了。正要把偷来的东西装好的时候……
啪！
不对，吉尔贝！这是怎么回事？你怎么杀人了！
吉尔贝从已经晕倒的博世雷手里抢过一个什么东西放在口袋里。
头儿，朝博世雷开枪的是这个别墅的一个下人。刺伤下人的是博世雷。
好像听到了什么声音……
这到底是怎么回事啊？
啊……
嘘！
警察马上就要来了。
外面已经响起了警察急促的脚步声和敲门声。
咚咚咚
已经晚了。我先出去之后再救你们。对了，刚刚从博世雷手里掉出来的东西给我吧。
是这个，头儿！
吉尔贝递过来的东西是一个发着光的玻璃塞子。
为了抢到玻璃塞子竟然对博世雷下毒手！真的很奇怪。
从秘密场所回来的罗平把玻璃塞子放到壁炉上面就睡觉了，第二天……
啊！玻璃塞子怎么不见了？
罗平发现房门的六块木板中，有一块已经掉下来了。这些木板都是稍稍一碰就很容易掉下来。
这么小的洞谁能进来呢？可是除了这个洞还有什么地方能进来呢？
这样看来，究竟是谁？怎样进来的？还有，为什么非要拿走那个玻璃塞子呢？

目录

世界推理小说　怪盗罗平系列 16

玻璃塞子的秘密

逮捕

夜雾笼罩的湖面上有两条小船绑在一起。

湖对面的昂吉樱赌场灯火通明。

亚森·罗平从亭子里走出来，往湖边靠近。

“格鲁布雷，马苏，那里有船吗？”

“有，头儿。”

“准备！吉尔贝和博世雷骑的摩托车马上就到了。”

罗平的话音刚落，就有一辆闪亮的摩托车停在他面前。

大概 20 岁的高个儿吉尔贝和小个儿博世雷下了车。

罗平向司机下达了 9:30 再来的命令之后，就乘着小船来到了玛丽·泰瑞斯住宅附近的湖面。

住宅的主人多布列克议员去了巴黎，所以现在不在。

环视了四周之后，罗平心想，在这里搬东西应该很容易。

吉尔贝一打开门，三个男人就冲进了住宅。

这时，躲在左边窗帘后的下人伦纳德跳了出来。

“快来人啊，救命啊。”

他边喊边往食品仓库里跑。

“别动，现在跑太晚了吧！”

罗平对着伦纳德大吼一声。

就在这时，罗平看到伦纳德在掏枪，他敏捷地躲开了。

砰！砰！砰！枪声在食品仓库响起的瞬间，罗平一把抓住伦纳德的脚把他绊倒在地，又从他手里夺过了枪。

“切！还想杀我？博世雷，快，把这个下人给我绑起来！”

伦纳德打过求救
电话了。

罗平又吩咐放哨的格鲁布雷和马苏把贵重物品先用一只小船带走。

忽然，食品仓库里传来了奇怪的声音。

原来是吉尔贝和博世雷打了起来。

吉尔贝正从摔倒的博世雷手里抢什么东西放到自己口袋里。

旁边躺着伦纳德，身子下面都是血，已经死了。

“该死！怎么这样？杀人是要偿命的，谁要你这样做的啊？”

罗平抓住吉尔贝，摇晃着吼道。

“博世雷看到绑住伦纳德的绳子松了，就用刀去刺他，与此同时伦纳德开了枪。”吉尔贝用发抖的声音说。

罗平把死去的伦纳德挪到一边。

他突然看到了电话听筒，通过电话线和墙上的话机连着呢。

“是谁打过电话？警察和士兵马上就会来的。”

已经从电话里听到警察的声音了。

原来是伦纳德解开了绳子，偷偷打了求助电话。

“警察来了！快跑啊！”

后门已经传来哐哐的敲门声。罗平小心翼翼地走向前门，看了看外面，把门锁上。

“太晚了。”

罗平说，吉尔贝非常害怕。

“在这里，这里！我抓到这些家伙了！这边。”

罗平打开窗户，大声喊叫。然后把博世雷流的血往自己脸上和手上涂，把吉尔贝摔倒在地上。

“有人问话时就只听我讲。虽然现在迫不得已要把你俩送进监狱，但是，只要我平安逃出去，我就一定会救出你们的。”

罗平想起来吉尔贝和博世雷抢来的东西。

“把那东西给我吧。”

吉尔贝不想给罗平，但听着人们越来越靠近的声音，又不得不递给罗平。

罗平也不看是什么东西，直接放进口袋里。

警察和士兵们一窝蜂地涌了过来。

他们把吉尔贝牢牢抓住不放。

“我听到电话铃响就跑过来，这时有一个人已经在流血了，还有这个人是被我打倒的。”

人们都相信了满脸是血的罗平的话。罗平成了抓住犯人的英雄。警察们调查了住宅。

“还有事情要问，请把那位绅士带过来。”

这个玻璃塞子是
什么呢?

警察所长想找罗平的时候，罗平已经坐着小船逃走了。

所长这个时候才知道自己上当了。

“把枪给我拿好，去抓那个家伙！”

警察所长大声命令道。

警察们小心翼翼地上了停在中间的小船。

罗平把船上偷来的部分东西用外套和帽子掩盖住，假扮得像一个人一样。他本人游泳逃走了。

警察从外套口袋里找到一张写着“亚森·罗平”的名片。

“马苏，格鲁布雷，把东西搬到仓库，在家等待命令。”

罗平吩咐道。

罗平把口袋里的东西拿出来放到壁炉上。

从吉尔贝那里抢来的东西竟然是一个再普通不过的玻璃塞子。

疲惫的罗平把玻璃塞子放到壁炉上就去睡觉了。

“救命啊，救命啊！”

吉尔贝和博世雷在监狱里大哭，向罗平求救。

“真是不祥的梦啊！仔细看看玻璃塞子，就知道为什么吉尔贝和博世雷有那样奇怪的行为了。”

罗平去壁炉上拿玻璃塞子的瞬间，惊叫一声。

玻璃塞子不见了。

罗平仔细回忆了昨天晚上发生的事情。

“为什么吉尔贝和博世雷都想把玻璃塞子据为己有呢？另外，秘密公寓里是谁，怎么进到这里的呢？为什么只偷走了玻璃塞子呢？嗯，这样看来，只要调查一下最初拥有玻璃塞子的多布列克就行了！”

罗平认为玻璃塞子里藏着所有的秘密。

多布列克在住宅遭到小偷入侵后，就住到了罗马乐亭广场的四层公寓。

罗平化装成一个手拄拐杖的老年富有绅士，在多布列克的公寓周围转悠，开始了对他的监视。

第一天，他发现有两名穿着破旧的警察也悄悄地跟在多布列克身后。

几天以后的一个傍晚，罗马乐亭广场上又多了六个人。

罗平认出其中一个人之后非常惊讶。

竟然是集运动选手、探险家和律师于一身的普罗斯布。

普罗斯布和总统关系很好，现在是警察局的局长。

“太奇怪了！什么东西那么神神秘秘的？”

罗平正在自言自语的时候，多布列克从家里出来了，两名警察立刻悄悄跟在他身后。

这时，普罗斯布按响了多布列克家的门铃。

管家打开了门。普罗斯布和管家说了几句话之后，就和随同的警察一起进了屋。

“主人不在，别人可以随便进到房子里吗？肯定有什么地方不对。”

罗平毫不犹豫地往多布列克的房子走去。

门仍然是开着的。

“大家都来了吗？”

罗平好像一个约会迟到的人那样，匆忙问了一句，然后走进屋子里。

“是，请您到书房来就行了。”

顺着管家的指示，罗平穿过空空如也的走廊，走向和书房相通的食堂。

可以看到窗帘后面有五个警察。

普罗斯布和警察们好像在找什么东西，书房被搜了个遍。

不久之后，跟着多布列克的两名警察来到了书房，说：“多布列克议员回来了！”

普罗斯布和警察们把书房整理好溜走了，但罗平无法逃跑，只能躲在窗帘后面。

多布列克是个脖子很粗，个头矮胖的人。

他的头发快脱成光头了，下巴上长满了灰色的胡须，

眼镜上面又放了一副有色眼镜，以至于都看不到眼睛了，

脸上的肉伸出很远，总之是一副吓人的容貌。

走路的时候屁股还左晃右晃，像只大猩猩。

多布列克来到书房，在桌前的椅子上坐下开始写信。

在找什么呢?
15

这时，他细细地看了看桌子上的邮票箱，又看了看其他的物品，好像在找自己做的记号一样。

接着，他把管家叫了进来，问了好几个问题之后，又重新开始写信。他在本上写下一些数字。用力凝视着本子，罗平看到了他写的内容。

“9 减去 8 之后就剩 1，不容置疑的事实。”

多布列克大喊着，在信封上写着什么，然后把信整齐地放在本子旁边。

罗平又看到了信封上面的字迹。

多布列克从椅子上站起来，背着手，慢慢地走到窗帘前站住。

“躲在窗帘后面不闷吗？现在可以出来了吧！”

听到多布列克这样说，罗平吓得大气都不敢出。

“难道不是几天以来，一直在广场上监视我的那位老绅士吗？你和警察是一伙的吧？不要害怕，我没有伤害你的意思。管家说一共有九个人来过这个房间。”

“我回来的时候看到有八个人离开。九个人里面，走了八个，应该还有一位。剩下的那位就是你吧！”

多布列克语带讥讽地说。

接着他把写好的那封信交给罗平，让他转交普罗斯布。

不知真相的他，以为罗平也是警察。

罗平一出来就撕开了多布列克给普罗斯布的信，开始读起来。

普罗斯布局长

东西就在你手碰到过的地方！

而且你还摸了它！愚蠢的你犯了一个错误。

请你以后没有得到允许不要随便进来。

——多布列克

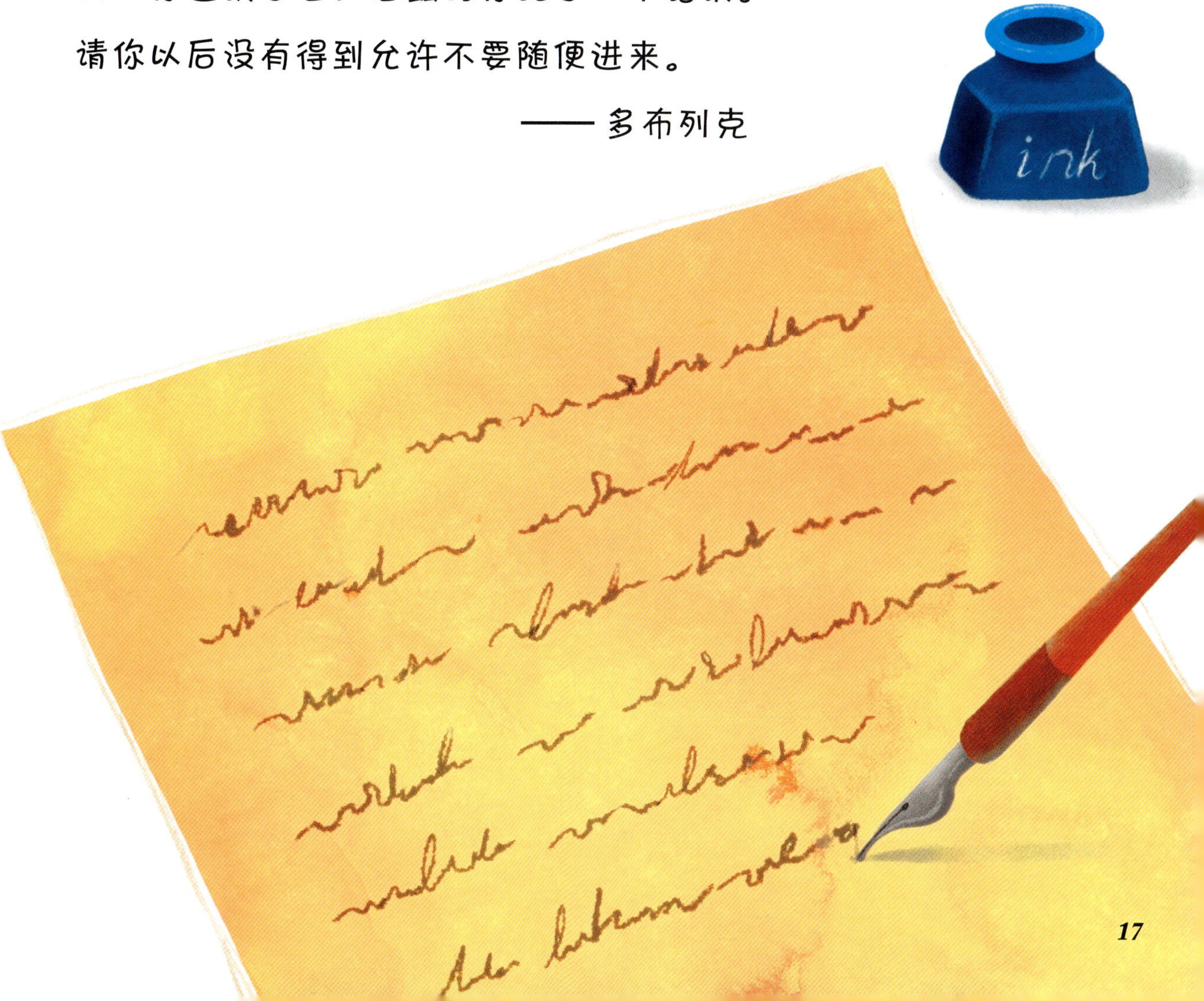

罗平因为玻璃塞子被偷，换到一个新的公寓生活。

听到下人的声音，罗平来到卧室。

“没有吗？也没有其他东西了吗？”

“吉尔贝从监狱里悄悄写来的信放在卧室的桌子上了。”

罗平觉得有什么地方很奇怪，就走向了卧室。

“一个女人带着信离开了。她是怎么打开锁着的门的呢？”

罗平仔细看了看锁着的门，突然吓了一大跳。

贴在门上的六块木板中，左下角的木板已经有些松动了，很容易就掉了下来。

形成了一个大约宽 22 厘米，长 40 厘米的洞。

“这个洞虽然可以伸进手来，可是也打不开门啊。那女人是怎么进来的呢？”

罗平好像想到了什么，跑出门外叫了一辆出租车。

“玻璃塞子和信分明是在一个人手里。但是小偷是怎么进到屋子里的呢？”

罗平思考着这个问题。

为了近距离地监视多布列克，罗平伪装成多布列克的厨师皮图阿勒，

之后就以皮图阿勒的身份悄悄生活在四层公寓。

议员的私生活

凌晨时分，外面发出了声音，罗平马上到一个隐蔽的地方向外观察。

一名穿着厚厚外套的女子和多布列克走进了书房。

罗平把事先准备好的绳子拴在阳台上，小心翼翼地滑下去。

在窗外虽然听不到声音，但能清清楚楚看到书房。

那位女子在桌子上摸索着，最后在资料和书之间拿出一把刀。

她将刀子高高举起，愤怒地凝视着多布列克的后背。

突然，多布列克转过身，抓住她的手腕。

多布列克笑着对她说了一些话。

女子显出很厌恶的样子，使劲摇着头。

“不要！绝对不可能有那样的事发生！”

女子用罗平都能听到的声音大喊着跑出了书房。

这之后，多布列克又在书房里见了几个其他的人。

罗平这时已经顺着绳子滑到书房里藏起来。

这些人都向他下跪，或乞求或惊慌失措，但最后都会给多布列克很多钱或者宝石。

其中还有拄着拐杖的阿尔贝佩伯爵。

“原来多布列克是一个专门敲诈勒索钱财的家伙！”

在说什么呢?

听说今晚，多布列克会在电影院和一个神秘人见面。

罗平伪装成一个金发和胡须连在一起的人，正要走出公寓时，下人送进来一封信，信中写道：

今晚不要去电影院。一旦卷入会惹祸上身。

虽然有一种被人监视的感觉，很想发火，但罗平还是来到市内，最终找到了多布列克所在的电影院。

“多布列克议员，阿尔贝佩伯爵给您来电话了。”

电影院的服务员打开专门为多布列克准备的包间时告诉他道。

多布列克脸上闪过一个奇怪的表情，出去接电话了。

这时，罗平机灵地跑进包间。

包间里坐着一位女子，罗平坐到她旁边。

“你就是亚森·罗平吧！”

听到女子的话，罗平惊讶不已，一是因为自己化了装也能被她认出来，再就是看到女子的脸也令他非常吃惊。

原来就是几天前想从背后刺杀多布列克的那位女子。

罗平把几天前自己顺着绳子滑下书房看到的场景告诉了她。

“我想单独和你说话，所以故意支开多布列克的。”

你就是亚森·罗平。

这时候，包间的门被打开了。

“果然如此！谎称来电话真是一个老手法了。我觉得很奇怪就返回来了，你是警察的线人吧？”

多布列克边说边一把抓住罗平的衣领。

罗平灵敏地甩脱，用尽全力一拳打在多布列克的肋下。

女子惊恐地跑了出去。

罗平把多布列克摔倒在地，紧跟着女子也跑了出去。

女子上了一辆等待在电影院外面的车。

罗平边跑边试图打开车窗的时候，被一个斜刺里冲出的男子重重打了一拳。

司机和打罗平的人竟然不是别人，就是在别墅放哨的格鲁布雷和马苏。

罗平虽然对他们的背叛很生气，但也束手无策。

罗平现在非常好奇到底是谁偷了玻璃塞子。

有一天，罗平听到多布列克位于二层的卧室传来簌簌的声音。

第二天，多布列克一离开，罗平就潜进了他的卧室。

这里的门也和罗平住所的门一样，木板很容易掉下来。

那天晚上，总觉得会发生什么的罗平，趁着多布列克睡着，偷偷来到三层的楼梯，仔细聆听着可能发生的一切。

27 人名单

不一会儿，罗平抓着的楼梯把手有了轻微的摇晃。

罗平来到二层，却什么也没看见，只听到多布列克的卧室里有很微弱的翻衣服之类的声音。

罗平来到一层，想把走下来的人抓住。

那人终于下来了。罗平不小心发出了脚步声，那人好像听到了什么，一动不动，再也不肯发出一点声音。

但罗平还是抓住了他，一个缩成一团的小孩子。

罗平拽着他走向公寓。不久，门铃突然响起，分明是有人来找孩子了。

罗平一打开门，在电影院看到的那名女子就跑了进来。

“我的孩子！杰克，你在哪儿啊？”

女子一看到孩子就拉向自己的怀抱，看上去非常担心。

“我会帮你的，凭你一个人的能力，是无法做到的。”

“罗平的目的就是偷东西。”

女子抱着孩子大哭着说道。

“我的目的是把我的手下吉尔贝和博世雷从监狱里救出来。”

“真的吗？你不是在说谎吧？”

女子好像不太相信罗平的话。

“要想救吉尔贝，时间已经来不及了。”

听到罗平的这些话，女子小心翼翼地说道:“我是吉尔贝的妈妈，克拉丽丝。玻璃塞子里面藏着27个人的名单，是赞成运河建设且收了钱的议员们的名单。多布列克手里有那份名单，用它来威胁他们，从他们手里勒索钱财。”

“所以他们才会在半夜找多布列克，去给他送钱。”

“对啊。吉尔贝的爸爸上了朋友的当，也是名单中的一个，因为受不了多布列克的勒索自杀而死。吉尔贝得知事实后，就想把玻璃塞子偷过来，因此才进了多布列克的住宅。”

克拉丽丝停顿了一会儿接着说，

“博世雷想把那个玻璃塞子据为己有背叛了吉尔贝。秘密公寓也是博世雷告诉我们的，拆掉门下面的木板这个方法也是博世雷建议的。杰克就是从那个洞口爬到屋子里面拿走玻璃塞子的。但是那个玻璃塞子是假的。多布列克发现假玻璃塞子不见之后，变得更加警惕了。杰克在出来的时候被你抓住了。”

“博世雷，这个大坏蛋。普罗斯布也知道玻璃塞子的事吧？”

克拉丽丝轻轻拍着杰克说道：“嗯，所以普罗斯布也在调查多布列克的房子。”

罗平仔细想了想，所有的计划都改变了。

“克拉丽丝，你带着杰克去乡下住一段时间吧。”

几天之后，罗平叫来格鲁布雷和马苏。

“这次的事情要是能办好，以前的事就都一笔勾销，你们去把玻璃塞子给我找回来。好好监视着多布列克，找个机会绑架他。”

罗平的话音刚落，电话铃就响了。

“杰克被绑架了？克拉丽丝服毒了？还好她缓过来了。”

罗平放下电话后，紧紧握住拳头。

宣告死刑

留着帅气的胡须，穿着黑色的外套，戴着高高的礼帽的一位老绅士按响了多布列克家的门铃。

管家和皮图阿勒出来开门。

“贝伦议员来了，请转告一下你们家主人。”

那位绅士在名片边缘写上“克拉丽丝夫人”递给管家。

管家拿着名片一离开，罗平就小声对皮图阿勒说：“皮图阿勒，我是化了装的罗平，我和多布列克议员在一起的时候，你赶紧打包行李去外面的出租车上等，快点！”

然后罗平就在书房里等候多布列克。

“克拉丽丝是贝伦医生的患者吗？”

多布列克一来到书房就这样问道。

“是的，她昨晚服毒了，因为量不是很多没有死。”

罗平仔细聆听着，多布列克则安静地坐在椅子上。

多布列克议员的眼镜上面还有一层深色眼镜，所以看什么都不太清楚。

“多布列克议员，长话短说吧。或许，您没有见过克拉丽丝的儿子杰克，也不知道克拉丽丝夫人现在有没有再次服毒？”

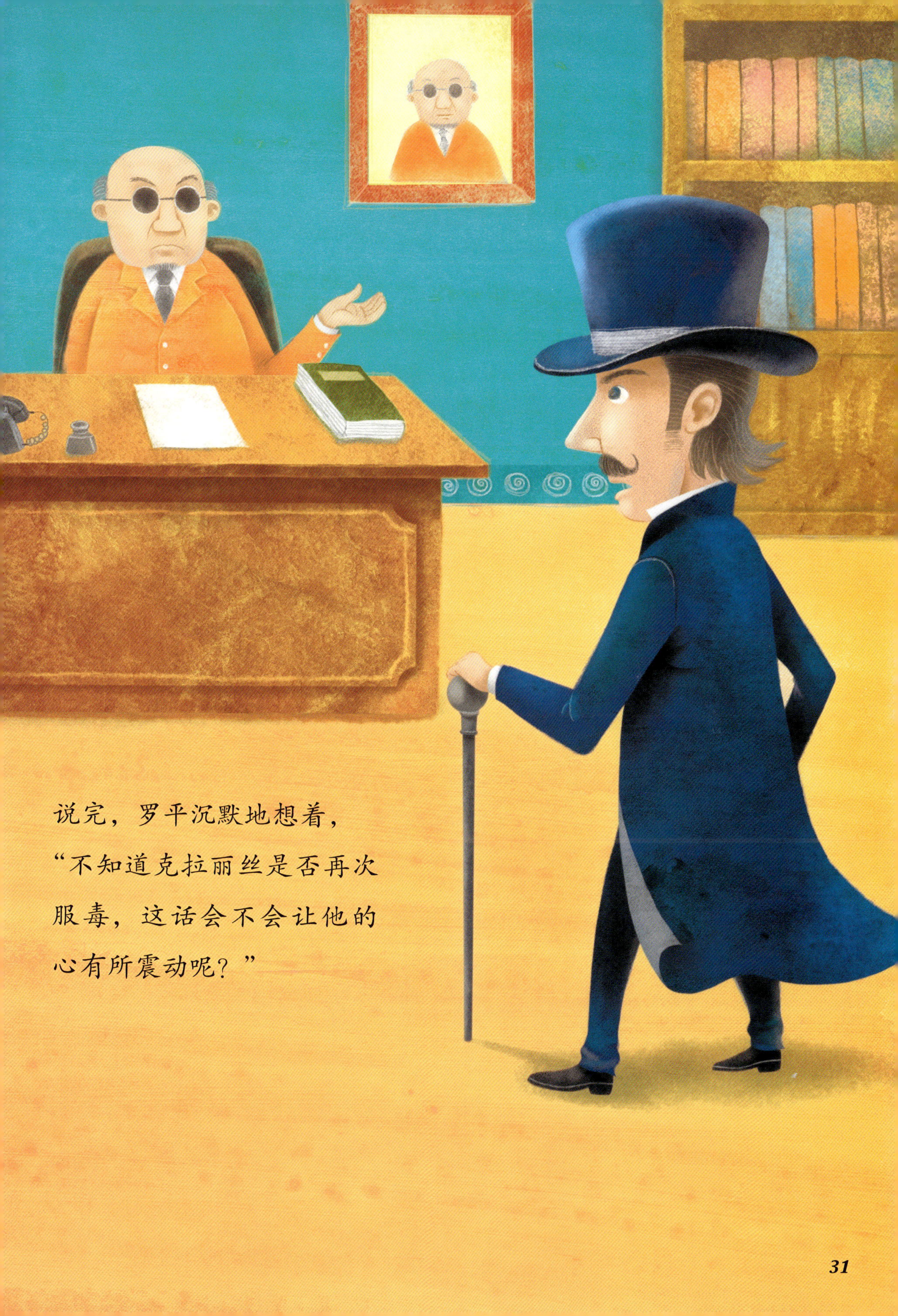

说完，罗平沉默地想着，“不知道克拉丽丝是否再次服毒，这话会不会让他的心有所震动呢？”

多布列克想了一会儿，拿起桌子上的电话开始打电话。

“喂，是普罗斯布局长吗？不要太惊讶，你们想处理的事现在就可以处理，你们一直在寻找的亚森·罗平就在这里。快来抓他吧。还有，也把四层的厨师抓起来，他一直在协助罗平。”

罗平吓了一大跳，紧握双拳。

“你认为我会相信厨师吗？我私下调查了他，发现他背后就是罗平。你以为伪装了我就不认识了吗？”

“连我伪装的样子都能认出，你可真了解我啊！”

罗平特别想把多布列克揍一顿，可是为了找到杰克，他不得不忍住。

罗平提议用从这里偷走的东西交换杰克，多布列克嘴边露出一丝狡黠的笑，同意了这个建议。

“还请你救救克拉丽丝的另外一个儿子吉尔贝。”

罗平突然大叫道。

“绝对不可能！除非你让克拉丽丝亲自在我面前下跪求我。你不知道自从被她拒绝之后，我等这天等了多久！”

多布列克以一个胜利者的姿态洋洋得意地对罗平说。

“我手里有 27 人名单，这个能保证吉尔贝免除死刑。可前提条件是克拉丽丝答应和我结婚。”

因为双方都无法妥协，罗平和多布列克陷入了僵局。

最后，当罗平把手放进衣服口袋里时，多布列克也迅速从口袋里掏出一把枪。

罗平冷静地从口袋里掏出一个小盒子，打开盖子，说：“吃一颗吧！咳嗽时吃的药。”

在多布列克犹豫的瞬间，罗平溜了出来。

罗平溜出来后不久，普罗斯布和警察们就冲进了屋子。

按照约定，多布列克放回了杰克，拿回了被偷走的东西。

格鲁布雷和马苏在找机会绑架多布列克的同时，对吉尔贝和博世雷的审判也开始了。

博世雷告诉法官说罗平也是犯人，是吉尔贝杀死了下人。

吉尔贝非常害怕，用颤抖的声音说："法官大人，我没有杀人，我不想死，我好害怕。"

吉尔贝瑟瑟发抖，像个孩子一样大声请求帮助。

这时候，吵闹的旁听席不知是谁大叫一声。

“不要害怕！我来了！”

瞬间大家都以为罗平出现了。警察抓住了那个男子，其实他不过是罗平花钱雇用的一个人而已。罗平从旁听席出来之后就走向公寓，克拉丽丝也正赶往那边。克拉丽丝听到审判结果后，脸色一下子变得惨白。

“不要害怕，我会把吉尔贝救出来的。

今天就去绑架多布列克，他会交代所有事情的。”

罗平在安慰克拉丽丝的时候，他的下属们进来通报了一个消息。

“不好了，有四个人绑架了多布列克。

现在普罗斯布正在调查这件事。”

罗平一动不动地站着，觉得事情越来越诡异。

拿破仑的侧脸雕像

警察们在多布列克的书房里什么线索也没找到。

克拉丽丝和穿着黑色外套的罗平走向了书房。

“这位是教杰克国语的尼克老师。他对玻璃塞子的事情有一些了解。”

克拉丽丝向普罗斯布介绍罗平的时候悄悄问道：“多布列克被绑架了，是真的吗？”

普罗斯布讲述的事件经过非常简单。

书房里听到吵架声之后，四个蒙面男子带着多布列克上了他的车就走了。

“没有证据吗？”

“刻有拿破仑侧脸的象牙雕像。”

尼克接过了普罗斯布的话。

“是拐杖把手上的雕刻吧，只要找到27人名单中使用那个拐杖的人就可以了。”

“阿尔贝佩伯爵？”普罗斯布说道。

随后罗平就去调查了阿尔贝佩，发现了奇怪的事情。

每天他都会去狩猎，并且一定会带着斯博妮。

斯博妮生活在一座古老的城堡里。

原来阿尔贝佩想把
27人名单据为己有。

古老的城堡前面虽然是城墙，后面却是一条江，四周被峭壁包围着，是藏匿多布列克的理想场所。

罗平和克拉丽丝、格鲁布雷、马苏一起监视着那座城堡。

终于，斯博妮和阿尔贝佩乘着马车进入城堡里面。

罗平为了找到多布列克所在的地方，攀上了城墙。

他听到了阿尔贝佩在向斯博妮下令。

“斯博妮，你要向多布列克打听出玻璃塞子的下落。今晚十点我会再来的，你准备好。”

“果然和我们想的一样，阿尔贝佩想得到 27 人名单。”

罗平偷听到这些话之后想。

罗平从城墙上跳下来对克拉丽丝说，

“一定要在阿尔贝佩见到多布列克之前救出他。”

“那多危险啊。再说了，多布列克会跟你一起走吗？”

罗平说：“如果告诉他，我们是因为收到他堂哥努斯鲁的信才来这里的呢？”

十点之前，罗平必须救出多布列克。

马苏手里有一本不知从哪儿得到的书，书里面恰好有城堡地图。

地图上的名字是“恋人塔”。

罗平看了地图大叫一声：“太棒了，就是这里。”

罗平计划从江水里爬上峭壁。

“马苏，去准备一条五十米长的结实的绳子。格鲁布雷，你去买三个梯子连在一起放在这里。”

“你要爬上那么危险的城墙吗？不行，太危险了！”

所有人都反对这种冒险的行为，但罗平固执己见。

罗平一行人做好这些准备之后，就往城墙左侧的江边走去。江面上的船上放着梯子，搭在峭壁上。船被紧紧地固定在河坝上，一动不动。

“不管发生什么事都不要动，也不要发出声响。”

罗平把绳子捆在身上，顺着梯子往上爬。

爬到梯子尽头的时候就得沿着峭壁往上爬了。

罗平开始小心翼翼地往上爬。

虽然脚底很滑，有时候会踩空，但他双手紧紧抓住石头缝隙，一直往上攀登。

爬到指甲都破了，流出了鲜血。

经历几次滑下去的危险之后，罗平最终到达了目的地。

前方发出微弱的光，罗平沿着光亮的方向缓缓爬行，看到了铁窗。

罗平看到了铁窗里的情景。

爬上峭壁花了太多的时间。

已经过了夜里十点了。

恋人塔

多布列克躺在床上，双臂被皮带绑着，还被墙上的铁链锁住，一动也不能动。

旁边是斯博妮和她的三个儿子在那里看守着。

留着灰色胡须的瘦高个儿阿尔贝佩说：

“多布列克，你真是让我好纠结啊！竟然还勒索？”

多布列克一动不动，眼镜也不知道哪里去了。

“要么去死，要么告诉我 27 人名单藏在哪里。”

听了阿尔贝佩的话，多布列克还是紧闭着嘴，一个字也不透露。

“不听话是吧！斯博妮，开始吧！”

阿尔贝佩话音刚落，斯博妮就在皮带之间插入木棍，使劲夹。

多布列克痛苦地发出惨叫。

“现在说不说？”

多布列克还是没有回答。

“斯博妮，再多放三根木棍！”

“饶命啊……拜托……饶命啊，别夹了……”

“写有 27 人名单的纸条在哪里？快说！”

“玛丽，玛丽……”

“什么？你说玛丽？斯博妮，停下。把铁链和绳子解开。”

多布列克疼痛不堪，说话声音非常小，罗平一句也没听到。

“太棒了！我怎么没想到这个呢？你不是在骗人吧！去秘密场所交通不便。斯博妮，在明天早上拿到名单之前，给我好好看着他。”

阿尔贝佩吩咐完斯博妮后走了出去。

罗平不得不假借多布列克的堂哥写信。他觉得只有这样，多布列克才会乖乖地跟自己走。

多布列克躺在床上，斯博妮的儿子们看守着。斯博妮的儿子们一开门出去，多布列克就从床上爬了起来。罗平顺势把信从铁窗里扔进去。多布列克在微弱的光下撕开了信。惊呼一声，开始读起信来。

一定要无条件相信送信的人。他是为了救你而雇用的人。他会帮你逃出监狱的。

——弗拉基·努斯鲁

“努斯鲁……努斯鲁……”

多布列克自言自语地念着这个名字。

“截断两根窗棂需要两三个小时。还有，你一个人能爬上绳梯吗？”

罗平对着窗口小声说。

“虽然手腕很疼，但我会尽力试试。”

罗平开始用准备好的锯条锯窗棂。窗棂已经生锈，比想象中的要容易锯一些。不一会儿就有一个能容下一个人的洞了。罗平把绳梯丢进监狱。

多布列克抓着绳梯用力爬出了监狱。

“你的堂哥在峭壁下的江上等你呢。快去吧！”

罗平急切地和多布列克说道。

“只有堂哥一人吗？”

“不，他和四个朋友一起，快过去吧。”

罗平放风，对着下面发出了要下去的信号。

罗平给多布列克系上绳子的时候，多布列克用刀刺伤了罗平的肩膀。

“你真是个笨蛋。努斯鲁是不会用弗拉基这样的署名来写信的。一看到信我就知道是你罗平策划的。哈哈哈。”

多布列克翻开倒下的罗平的衣服口袋。

“这枪归我了。”

罗平想抓住多布列克，可是除了伸伸手，他一动也不能动。

“现在我要下去了！”

多布列克大喊。

罗平想告诉他小心点，可是却发不出声音。

下面传来砰砰砰的枪声，哈哈大笑声和女人的惨叫声。

罗平在书中看到的恋人塔这几个字一直在脑海中盘旋。

他身子一歪，滚落到半山腰。

红色丝巾

刑警班长卡利马特跟在一个行踪诡异的男子后面。
为什么边走边扔橘子皮呢？那个人肯定有什么地方不对劲。
你好，卡利马特！一直久仰大名，特意叫人把您请过来。
什么？这个坏蛋！
今天夜里一点的时候，一个船夫在新桥底下捡到的东西。
赛马新闻纸片
单片眼镜碎片
瓶颈上有绳子的墨水瓶
沾有血迹的红色丝巾
被撕开的点心包装
看证据的话，应该是昨晚有一位姑娘被刺杀了。凶手是带着单片眼镜的一位绅士，去过点心房，喜欢赛马。
他把丝巾上沾有血迹的部分撕了下来，剩下的则被姑娘紧紧握着。
OO 경마 신문
这条丝巾碎片我会保留着，剩下的部分也给我找来。
对了，犯人是左撇子。
虽然很伤自尊心，可是也没办法啊。
怎么可能！罗平看都没看，怎么就知道得这样清楚！
昨晚有一位带着单片眼镜的绅士来买过点心。
……
这页新闻毫无疑问来自赛马特刊。
嗯……

订阅这份报纸的人当中，有住在新桥附近的吗？
有一个叫弗雷巴伊的人。
弗雷巴伊先生，你被逮捕了！
不要过来！
碎
嗨！
嘭
我就知道你是个左撇子！
罗平，有犯人指纹的丝巾可以作为证据，我就扯了一半过来。
啊哈，你带过来了啊。通过这次事件，警察先生您变得出名了吧？
原来藏在这里！
姑娘死死抓着丝巾不放，没有人会想到为什么吧？不管怎样，谢谢了。哈哈哈。

在黑暗中徘徊的罗平

多布列克从峭壁上下来之后逃走，人们又要惶惶不可终日了。

马苏和格鲁布雷顺着梯子爬上峭壁救下了罗平。

罗平躺在酒店的床上，眼睛睁不开，话也说不了。整个人精神恍惚，一直发着高烧。偶尔睁开眼的时候，就看到克拉丽丝握着自己的手。

克拉丽丝就这样坐在罗平的床前，担心地等着他苏醒过来。

“27人名单！阿尔贝佩会拿走的。在多布列克的桌子上。”

几天之后，罗平一睁开眼便这样大喊。

“不要担心了，那天谁也无法进入多布列克的房子里。”克拉丽丝这样安慰罗平。

罗平的脑海中一直回想着多布列克对阿尔贝佩说的“玛丽”这两个字。

“玛丽”是指什么呢？书名？还是单词的缩写呢？结果越想脑子越乱。

身体渐渐好起来的罗平派了三个人去监视多布列克。

第二天，新闻播报了阿尔贝佩自杀的消息。

多布列克终于开始他的复仇了。

克拉丽丝一方面追踪着多布列克，一方面也和他保持着联系。

罗平来到多布列克的房子。

ink

“是尼克老师吧？刚刚多布列克议员来过。”

侦探组长布朗对刚刚来到多布列克屋里的罗平说道。

罗平适当撒了个谎，蒙骗过侦探组长，来到书房。

“多布列克已经把玻璃塞子拿走了。不过肯定留下了痕迹。”

罗平这样想着，开始在书房中仔细搜寻。

书桌上写着“玛丽樱”的烟盒不见了。

“就是那个了！现在才揭开这个谜底，玛丽指的就是烟。”

玻璃塞子放在烟盒里，这样神不知鬼不觉的包装可真是绝啊！

现在，只要克拉丽丝找到多布列克的行踪就行了。罗平回到酒店，等着克拉丽丝联系自己。刚进酒店，马苏就递来一封信。

“怎么回事儿，信封怎么打开了？为什么这里用剪刀剪开了？”

今天早上多布列克到加尔□站搬东西，打电话预定了火车卧铺票，不知道火车几点出发。收到这封信后就马上来车站吧。必须抓住他。

“多布列克来过了。在我们接到这封信之前，他已经把车站名字剪掉了。这么看来，克拉丽丝反而被他监视了。”

罗平又仔细把信多读了几遍，然后站起来说："走！以'加尔'开头的车站，最近的是里昂站。"

罗平一行往里昂车站奔去，克拉丽丝却不在那里。

"尼克老师？克拉丽丝夫人说让你们去巴雷斯酒店。"

听了车夫的话之后，罗平一行便往巴雷斯酒店走去。

"克拉丽丝夫人让我转告你们，尽快去热那亚。"

听到酒店职员的话，罗平一行又乘上去热那亚的火车。

突然罗平产生了怀疑。

"那个酒店职员？没错，就是那个红胡须、矮个头的车夫。肯定有什么地方不对劲。"

罗平从火车上下来，去跟踪那个人。

此时，克拉丽丝正在多布列克的房间里翻找玻璃塞子。

突然房门被推开，长得像大猩猩一样的多布列克走了进来。

“你找错地方了。玻璃塞子不在别的地方，就在旁边，那个小茶几上面……”

多布列克把茶几上的烟盒和其他物品一起放到壁炉上面，边放边按铃点餐。

不一会儿，服务员就送来两人份的食物和一瓶香槟放在茶几上。

“喝一杯香槟吧。你喜欢有点儿甜的香槟吧？”

多布列克咯咯笑着问道。

这笑声听着让人直起鸡皮疙瘩，克拉丽丝想从口袋里拿枪。

“等等，在你开枪之前，要不要读一读和吉尔贝有关的那封信？”

“吉尔贝？”

克拉丽丝失声大叫。信中写道，

吉尔贝和博世雷的死刑下周二执行。

克拉丽丝非常难受，怒视着多布列克。

多布列克喝完一杯香槟，耸了耸肩说，“你在等谁呢？普罗斯

布？在 27 人名单中的博朗格拉德被我敲诈了一笔。他会写下普罗斯布的罪行，然后把相关资料交给我。现在普罗斯布已经完蛋了。”

因为报仇而越来越兴奋的多布列克搓了搓手，继续说道：“对了，罗平和他的那些部下去了哪儿，你不好奇吗？”

多布列克打了一个电话，让酒店服务员叫来一个人，

就是那个红胡须、矮个头的男人。

“杰克布，向这位女士好好讲讲现在为止发生的所有事情吧。”

杰克布拿出一个小册子，把如何告诉罗平虚假信息的过程一一道来。

“愚蠢的罗平，已经被我骗去了热那亚。哈哈哈。”

多布列克送走杰克布之后就把门锁上了。

克拉丽丝对罗平的所有期待都消失了。

“救出吉尔贝的代价就是和你结婚吗？”

“是。”

克拉丽丝为了让吉尔贝活下去，不得不答应多布列克。

“哈，这么快就答应了？是为了先救出吉尔贝而耍的小把戏吧？这样不行，我要把吉尔贝的死刑推迟到四五周之后，等你和我结婚了之后我再把他救出来。”

多布列克这样说着就朝克拉丽丝走去。

克拉丽丝一点儿也不想看到他像大猩猩一样的脸，只好紧紧闭上双眼。

但再也没听到多布列克说一句话，克拉丽丝又睁开眼。

她看到多布列克的脸色变得很难看。

两杆枪正指着多布列克，被恐怖包围的多布列克满脸通红。

就在这一瞬间，不知道是谁从多布列克的背后突袭他，眨眼的工夫，已经用一只手掐着他的脖子，将他打倒在地，然后用浸有麻醉剂的布将多布列克的嘴捂住。

将多布列克制服的人就是化装成尼克老师的罗平。

“格鲁布雷，马苏，把这个家伙给我捆紧。”

格鲁布雷和马苏用床单将多布列克缠绕了一圈。这时，克拉丽丝夫人的脸上才露出笑容。

罗平把放在壁炉上的烟盒撕开。

“玛丽樱烟登场了，女士们，先生们，看这里！”

罗平像一个魔术师一样，把袖子卷到胳膊肘，小心翼翼地把手伸进烟盒里，用大拇指和食指把一个闪闪发光的东西取了出来。

“玻璃塞子！”克拉丽丝吓了一跳，尖叫起来。

洛林十字架

罗平打开玻璃塞子的小孔，摘掉塞子。塞子里面有一张卷着的小纸条，终于罗平拿到了纸条。这就是包含博朗格拉德、阿尔贝佩、维克多利郎等27人的名单。

“多布列克？喜欢甜的香槟啊！”罗平说。

掌握了27人名单的罗平必须尽快赶到聚会上。

他心里打算着把27人名单尽快交给普罗斯布，好让他去救吉尔贝。

多布列克被装进准备好的大旅行袋里，然后放到汽车顶部载着。格鲁布雷和马苏开着车往巴黎驶去。

罗平和克拉丽丝准备坐火车过去。

“我发现马夫和酒店职员太奇怪了，那么多人里，为什么一看到我就告诉了我那么多与夫人相关的事情呢？所以我就从火车上下来，偷偷跟踪他来到了这里。我躲在多布列克的侧房里，打开隔板进到了房间里面。”罗平耸着肩笑了。

“你怎么知道玻璃塞子在烟盒里呢？”

“多布列克曾对阿尔贝佩提到过‘玛丽’，最初我不知道是什么意思，后来去了多布列克的房间，发现他桌子上写着‘玛丽樱’的烟盒不见了。可能是多布列克对阿尔贝佩说的‘樱’字我没有听见。”

到达巴黎的罗平又伪装成尼克老师，和克拉丽丝一起去见普罗斯布。

“听说你们找到了27人名单？快给我看看。”普罗斯布边说边热情地伸出手。

但是克拉丽丝并没有把名单马上给他的意思。

“除了向多布列克复仇，难道你们还有其他想做的吗？”普罗斯布看着克拉丽丝问道。

“我可以把名单给您，请把吉尔贝先放出来。”听到克拉丽丝的话，普罗斯布吓了一大跳。

“怎么能随便放走杀人犯呢？这我做不到。”

“您和总统关系那么好，您找到了 27 人名单，总统肯定会嘉奖您。”

听到这些话，普罗斯布稍稍思考了一下。

“先要仔细看看名单是不是确切的。”普罗斯布接过卷着的纸条，打开仔细看着。

普罗斯布拿着纸条对着太阳光细细查看，看完他摇了摇头。

“这是假的。真的名单对着太阳会显现出洛林十字架底纹，可是这个名单在阳光的照射下却没有十字架底纹。”

克拉丽丝听到这些话又陷入了绝望之中，哭喊道：“不，求求您把我的儿子放出来。”

罗平带着克拉丽丝离开，同时对普罗斯布说：“我们会拿到真名单的，请您等等，普罗斯布先生。”

罗平一离开，普罗斯布就开始沉思起来。

“尼克老师只是克拉丽丝身边的一个普通人吗？一定和吉尔贝住宅杀人事件有关，没错！”

普罗斯布按响铃声，叫来调查组长。

死刑场

“刚刚出去的那两个人，你再遇到的话能认出来吗？”

“能。”

“立刻带上警察们，去追查那个叫尼克的男子。另外，要是在外面见到一个叫亚森·罗平的人，马上逮捕他。”

“什么？到底是尼克老师还是罗平啊？”

“亚森·罗平和尼克老师是一个人。”

罗平突然回想起博朗格拉德写的有关普罗斯布罪行的材料。

“本来那些材料是博朗格拉德要卖给多布列克的，要是我能先买到那些资料，那普罗斯布就不得不放走吉尔贝。”

罗平去找博朗格拉德，但没有找到。同时又听到了载着多布列克的车子半路出了故障，只能明天到的消息。

克拉丽丝想到明早吉尔贝就要被处以死刑，脸色变得惨白，差点晕过去。

罗平从药箱里拿出一些药给克拉丽丝服下。

“现在没事儿了，一觉睡到天明吧。”

罗平感到救不了吉尔贝，非常沮丧，难过地掉下了眼泪。

“不管发生什么事也不要叫醒我。你们也早些睡吧。”

罗平叫来下人吩咐，

“吉尔贝和博世雷一定会死吗？”

“是啊，无力回天了吧。”

不一会儿，罗平就睡着了。

刑场从早上开始就变得非常热闹，人们都涌到刑场来。

“我们一直监视着罗平，从昨晚开始他就没有出过大门。不要担心了。”

普罗斯布对穿着黑色西服的警察厅长说道。

行刑官带着博世雷来到监狱外面。

吉尔贝也被拉出来，边流眼泪边说："我没有杀人，呜呜，我可怜的妈妈呀，呜呜。我相信头儿。要是我死了也请你向他转达这句话，呜呜。"

博世雷看着吉尔贝讥讽地说道：

“你那么相信头儿？他已经把我们抛弃了。他只是想把玻璃塞子据为己有。”

广场上的人沸腾起来了，声音震耳欲聋。

死刑执行时间一到，行刑官就推推搡搡地把博世雷带了出来。

这时候，另外一条街响起了枪声。

行刑官们吓得都想逃走，博世雷摔倒在地。

博世雷额头上流出的血把整个脸都覆盖了。他断断续续地说：“现在已经结束了，头儿，感谢你一下子就结束了我。”

“快，把另一个人也拖上去。”行刑官大叫。

这时，枪声再次响起，行刑官倒在地上。

人们都吓破了胆子，纷纷逃离这里。

几个警察和士兵带着吉尔贝往教导所里跑。

剩下的警察和士兵往枪声响起的建筑飞奔过去，打开玄关，却什么也没发现。

死刑场变得异常混乱，检察厅里召开了一个紧急会议。

“没办法。只能把吉尔贝的死刑往后延，这到底是怎么回事？不是说一直监视着罗平的吗？”检查厅长问普罗斯布。

“搜索之后发现，原来公寓还有另外一个出口。”普罗斯布擦着额头上的汗说道。

“公寓里一个人也没有了吗？”

“下人带着一个女子离开之后，一个人也没有了。”

“那你知道罗平用的假名是什么吗？”

“知道，他伪装成一个名叫尼克的教国语的老师到处惹事。”

普罗斯布的话刚刚结束，就有一个警察递给他一张名片。

普罗斯布看到名片吓了一大跳，不知不觉说出了口，

“天哪，真是一个胆大的家伙！”

“怎么了？”

普罗斯布打算自己抓住罗平，拿到 27 人名单，于是答道：“没什么。有一位意外的客人来访，所以有点惊讶。”

普罗斯布手上的名片写着“国语老师尼克”。

最后的战斗

普罗斯布和尼克在办公室面对面坐着。

普罗斯布心里盘算着不仅要抓住伪装成尼克的罗平，也要得到27人名单。

“还请原谅，载着多布列克的车子来迟了。”

“杀死背叛者博世雷，拿到名单要花一些时间。”

“你是说拿到了真的名单？有洛林十字架底纹吗？”

普罗斯布用几乎颤抖的声音问道。

“当然了。我们威胁他不告诉名单放的地方就杀了他。”尼克停顿了一会儿接着说。

“你见过多布列克的眼睛没？就是那个黑色眼镜下面的眼睛。我好想见识一下啊，所以就摘掉他的眼镜，结果吓我一大跳。我用大拇指和食指把他的眼睛抠了下来。”

听到这些话，普罗斯布身上直起鸡皮疙瘩，瑟瑟发抖。

原来多布列克用玻璃塞子做成了假眼，同时把装有假名单的玻璃塞子放在桌上掩人耳目。

他把真名单放在了最安全的地方，自己的身体里。

普罗斯布从尼克手中接过玻璃做的假眼，从中找到了印有十字架底纹的真名单。

“现在您可以终止吉尔贝的死刑了吗？”

尼克问道。

普罗斯布一只手放到紧急报警铃上，另一只手拿出一把枪。

尼克仔细注视着普罗斯布的一举一动。

“那可不行，我会自己留着名单的，只要我一按铃，尼克，不，罗平，警察就会冲进来抓住你。”

普罗斯布脸上挂着胜利的微笑说道。

“不是吧，普罗斯布，你知道我是罗平还敢那样和我说话啊？原来你也想把那个名单留着，敲诈钱财获得名誉。”

“当然。有了这个名单，就没有办不成的事。谁会不要呢？”

普罗斯布笑着说。

“那么，我就不得不提一提你和你的朋友博朗格拉德的关系了。你那位朋友把你的罪行整理成资料卖给了我。”

“把这些资料公之于众，你觉得怎么样？”

普罗斯布拿起桌上的枪。

“你开枪啊！你以为我会怕吗？一个小时内，我要得到吉尔贝免除死刑的消息，然后我会把资料给你。对了，买这些资料花了我四万法郎，来的时候别忘了带钱。”

普罗斯布没办法，只好答应了罗平的要求。

“我已经把吉尔贝的死刑换成了其他刑法，还有，这里是四万法郎。”

一小时后，普罗斯布拉长着脸对罗平说。

罗平把装资料的信封交给普罗斯布后就离开了他的办公室。

普罗斯布好像丢了魂似的瘫坐在椅子上。

左眼贴着纱布，穿着脏兮兮衣服的多布列克来到办公室。他拉住普罗斯布问："你得到罗平手里的名单了吧，答应他的要求了吗？"

"是的。"

"怎么像个傻子一样就答应了呢？我是那么容易上当的人吗？

博朗格拉德说会把写有你罪行的资料卖给我。普罗斯布你现在也完了。”

听完多布列克的这些话，普罗斯布耸着肩说，

“那份资料？博朗格拉德已经以四万法郎把它卖给其他人了。然后我又花四万法郎买回来了。”

“是尼克吧？尼克就是亚森·罗平，你被骗了。博朗格拉德根本就不在巴黎！”

“不是的，资料在这里呢。”

但令普罗斯布大吃一惊的是，他看到信封里只有四张白纸。

不久之后，巴黎的火车站就布满了警察，升降台里任何人都不允许进入，只有普罗斯布一个人站在那里。

“只要抓住下车的博朗格拉德，从他手里抢到资料就好了。”普罗斯布边想边急切地等着火车的到来。

不一会儿火车来了。博朗格拉德搀扶着一位老年绅士走下火车。

“博朗格拉德先生，稍等一下，有话和你说。”

这时，多布列克挣脱警察的阻拦跑过来。

“博朗格拉德先生，我已经预订了你的资料。”多布列克喘着粗气说道。

“这么欢迎我，心情真好啊。可惜那份资料已经卖给了这位先生。

为了见我，他从大老远过来的。”

旁边拄着拐杖的男子摘掉帽子，打了声招呼。

“这人肯定是罗平。”普罗斯布心想。抓住罗平的绝佳时机到了。

他正要向部下下达逮捕令的时候，男子开口说道，

“这可怎么办呢？我朋友着急，已经带着那份资料离开了火车站。”

普罗斯布带领手下，冲进了火车站，吩咐一定要把资料抢回来。

“多布列克，打起精神来。不记得我了吗？我告诉过你要阻止吉尔贝的死刑了吧？要是你那时听了我的话也不会落得现在的下场。再见吧。”

罗平坐上升降台，背后传来一声枪响。回头看时，多布列克已经倒在了血泊中。

两天后，免除死刑的吉尔贝竟然逃出了监狱。吉尔贝是怎样逃出来的，谁也不知道，不过，因为吉尔贝的成功越狱，罗平变得更出名了。

罗平和多布列克之间火星四溅的战斗
《玻璃塞子的秘密》

最初只是单纯想偷东西的罗平，渐渐陷入围绕玻璃塞子而展开的一系列事件之中，情况慢慢变得复杂起来。罗平究竟能不能揭开玻璃塞子的秘密，并且解救出自己的手下呢？

对事实加入想象力的描写

这部作品在1912年以单行本的形式出版。以《813谜案》而成名的作家莫斯里·勒布朗，花了两年时间完成了这部长篇小说。这部小说像《813谜案》一样，也获得了很高的人气，销量很好。当时，勒布朗获知了议会议员、检察官等很多不可告人的幕后秘密，就把政界里发生的真实的事情加以想象，最终写出了《玻璃塞子的秘密》这部小说。

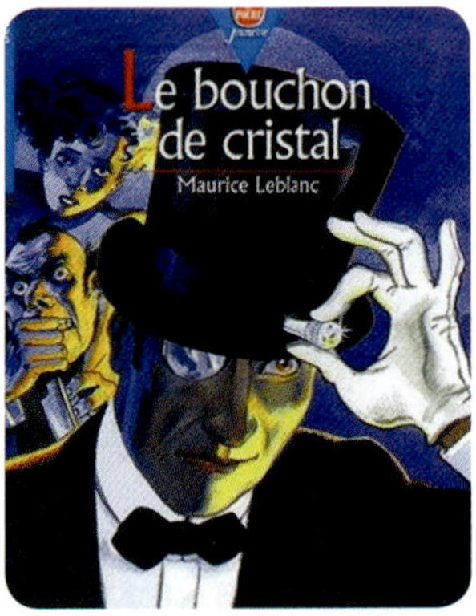

▲《玻璃塞子的秘密》原版封面

▲洛林十字架

罗平终于遇到了可怕的对手

假眼里面藏着秘密名单的多布列克，在谁也没认出化装的罗平的情况下，立刻认出了罗平。这是一个可怕的对手。多布列克以“27人名单”为诱饵，敲诈了大笔钱财，也让很多人为此丧命。罗平的手下吉尔贝也被卷入阴谋中差点被判死刑。罗平为了从恶棍的魔掌中救出可怜的女人和自己的手下，反复变装，展开激烈的斗争。虽然遇到了很多对手，也遭遇过几次危险，但最终，恶棍们不得不为自己的罪行付出相应的代价。

见微知著的罗平，《红色丝巾》

▲蓝宝石是蓝色的透明宝石。

这部作品于1911年发表在杂志上。1913年又收入短篇小说集《亚森·罗平的告白》里，该短篇小说集选出了罗平系列里比较优秀的短篇小说。《红色丝巾》中，罗平扮演了一个破案侦探的角色。他以案发现场的数件杂物为依据，准确地推理出事情的经过，让卡利马特警官非常惊讶。罗平协助卡利马特警官抓住了犯人，而他自己将红色丝巾里面藏着的蓝宝石收入囊中。

侦探放大镜

听说是以“巴拿马运河事件”为原型写的？

《玻璃塞子的秘密》实际上是以巴拿马运河事件为原型而写成的。外交官雷赛布计划开工修建巴拿马运河，结果事情没能按照计划进行，公司陷入了困境。但政客贿赂媒体人，隐瞒了事实真相，搜集了越来越多的钱财。这时候，投资人知道了真相，受贿的那些媒体人有的受到了法律的制裁，有的被迫辞职。《玻璃塞子的秘密》在法国社会引起一片喧哗，因其描写再现了巴拿马运河事件中的人和事。

▲连接太平洋和大西洋的巴拿马运河。1914年完工。

推理达人 推理最棒！

快来找小偷们藏着的宝石吧！

多布列克真是一个狠毒的人，竟然把 27 人名单藏在假眼珠里面。真是一个邪恶的方法，是吧？从宝石店抢走七颗宝石的小偷会把这些宝石藏在什么地方呢？虽然都隐藏得很好，但只要仔细观察就可以知道宝石藏在什么地方了。

比起个头，脚好像太大了。
仔细看。不是脚大，而是鞋子大。
小偷 5
不戴帽子就睡不着，什么时候开始的呢？为什么要问这个呢？
小偷 7
小偷 6
啦啦啦，我的兴趣是溜溜球。
哼！再怎么感兴趣，一直玩还有意思吗？
小偷 4
啊呀，不行！
不是吧，为什么不能洗呢？